曽我貢誠

詩集 トッピンパラリのプー

文治堂書店

詩集　トッピンパラリのプー＊目次

I

奥羽山脈の麓の村から

II　下町の街角で ―昭和から平成へ―

表紙カバー・写真
日本海に沈む夕日
装幀・船木一美

詩集
トッピンパラリのプー

I

奥羽山脈の麓の村から

春の水音

雪解けのころ
ぬかるんだ道が歩きにくかった
ふと足元を見ると
深く積もった雪の割れ目から
ばっけがちょこんと顔を出した

チョロリチョロリと水の音
ピイラピイラと鳥の声
いつもは雪の舞う鉛色の空も
いつの間にか青い空が広がっていた
春はもう近いぞ

※ばっけ↓フキノトウの方言

蛍の夢

お盆を迎えるころ
畦道には蛍が無数に飛んでいた
夢中になって両手ですくった
蚊帳《かや》の天井に虫かごを吊るし床に入った
青白い光がじっと自分を見つめていた
光の向こうに銀河の神秘が広がっていた
その日はなぜかぐっすり眠れた

朝起きるとほとんどは死んでいた
わずかに動く蛍たちに命の無常を見た
少年の心の奥がキュンと痛んだ
そっと草むらに返しに行った
涙だろうか　囁《ささや》きだろうか
葉っぱから夜露がぽとりと落ちた

秋の風景

黄金色の大地がどこまでも広がる
爽やかな風に稲穂が静かに揺れる
大空ではのんびりと鳶《とんび》が弧を描く
これが僕の知る最も心安らぐ風景

シャッ、シャッ、シャッ
手早く鎌で刈っていく女たち
黙々と稲わらを束ねる男たち
そんな単純な作業が延々と続く

野山が真っ赤に染まる頃
やっと一日の仕事が終わった
村人たちの頬に笑みがこぼれる
遠くの家々に灯《ひ》がともる

雪原にて

冬
来る日も来る日も
鉛色の空が広がり
雪が舞っている

今、雲が切れて
日の光が差してきた
透き通るような青空
銀色の雪原がどこまでも続く

北国に生まれ
無上の喜びを感じる
このひととき
このかがやき

田植えの頃

その日
朝の五時ごろには
庭先に集まり出した

家の者、みんなが出揃った
父も母も、兄も弟も叔父さんも
寝込んでいた祖母もしゃんとして……

親戚の者もみんな集まった
曽場《そんば》のうちも、船沢《ふねさ》のうちも
野田《のんだ》のうちも、岩見のうちも……

村の衆もみんな来てくれた
秋雄のうちも　範雄のうちも

長子《ながこ》のうちも　真諭紀《まゆき》のうちも……

今日は　田植えの日
男も女もなかった
大人も子供もなかった
飯を喰う間も惜しんで
朝から晩までよく働いた

苗代を作る者がいた
父や、親戚の男たちだ
牛に尖《とが》った鋤《すき》の器具を引かせ
田んぼの中をぐるぐる廻った

苗を束ねる者がいた
爺さん婆さんたちだ
孫や嫁の自慢話をしながら
どんどん束ねていく

苗を運ぶ者がいた
兄や叔父さんたちだ
リヤカーに山と積み
汗をかきかき運んでいった

横一線に並ぶ女たち
絣《かすり》の野良着に裸足のままで
一本一本、心を込めて植えていく
深くもなく、浅くもなく
五月の風に、苗は気持ちよく揺れている

子供たちは束ねた苗を
畦道から、女たちの前に投げ入れた
ときどき、とんでもない所に落下して
泥がピシャンと跳ね、顔に掛かった
それでも女たちは、笑って手をふった

陽も傾き

西の空が真っ赤に染まる頃
我が家の一町二反の田圃は
様々な者たちの頑張りで
見事に　緑の絨毯に生まれ変っていた

やがて満天の星空
田植えを手伝った者たちが
茅葺《かやぶき》の我が家にやってきた
座敷と座敷の襖が外され
ささやかな膳が並べられた

酒がふるまわれ
上気した男たちは陽気に歌った
女たちはおしゃべりに夢中だった
隣の居間の子どもたちは
ホンノ木の葉っぱにご飯をのせ
黄な粉をまぶした
豆《まめ》の粉飯《こめし》をうまそうに食べた

夜も更け
誰もいなくなった座敷の奥で
膳に残されたロースハムも
鮪の刺身も一年ぶりのご馳走だった
いたずらして口に入れた
気のぬけたビール
舌に残った苦さは大人の味がした

あれは、夢だったのだろうか
それともお祭りだったのだろうか
このような村の集いは
もう東北のどこにもない

それから

火見櫓《ひのみやぐら》のあった広場に立つ
よく遊んだ　缶蹴りにチャンバラごっこ
誰もいなくなった広場の向こう
雪をかぶった太平山《たいへいざん》が見える

雑草が生えた休耕田の横を
男が一人田植え機で苗を植えていく
見守るのは電線に連なるカラスたち
山と青い空だけは昔のままだ

遠い冬の日

誰でも相撲をとって
はじめて父を投げ飛ばした日を
覚えているだろう
それは　いつも決まって
北国では珍しく
青空がどこまでも広がっていた

留置所の面会室で
昨日髪を刈ったという父に会った
戦時中、北京北方や、
ニューギニアのジャングルを歩き続けて
四十七年目で北国の留置所の片隅に
やっとたどり着いた父
僕は、鉄格子の向こうに初めて
罪を犯した父の穏やかな表情を見た

父よ
あなたは知っていたろう
あなたの貧しい財布から
一万円札を抜き取ったのが誰であったかを
校則を道端に捨てて
薄汚れた映画館の暗がりで
煙をくゆらせていたのが誰であったのかも
あなたは何もいいはしなかった
言葉も、履歴書も、どこかに置き忘れて
それでも、その目は
やさしく僕を見つめていた

チルチルミチルも
山のあなたも僕は知らない
でも遠いあの冬の日のように
僕の冷めきった心にも
どこまでも青い空が広がるばかりだ

親父が死んだその夜は

親父が死んだその夜は
銀河が流れる　星灯かり
あなたに空似の　満月が
澄ましてこちらを覗いてる

親父が死んだその夜は
カミナリ今は　懐かしい
建てた自慢の　鯉のぼり
今でも　大空泳いでる

親父が死んだその夜は
南の島に　舞い戻る
ヘビとトカゲと　戦友と
辿り着かない　迷い道

親父が死んだその夜は
花も名誉も　いらないよ
まあそこそこの　人生よ
あの日の呟き　思い出す

親父が死んだその夜は
微笑む顔が　遠ざかる
枝豆つまみに　三杯目
酔いが寂しさ　連れてくる

親父が死んだその夜は
街も世界も　変わらない
いつものように　夜が明けて
いつものように　風が吹く

※南の島、父が従軍したニューギニア地方

「戦死」できなかった兵士たち

父は戦争についてはほとんど話さなかった
ただ二十二の歳、中国戦線からニューギニアに渡ったこと
その地のサルミから引き揚げ船で名古屋港に着いたこと
熱田神宮にお参りして秋田に帰ったこと
そんなことは高校のころ聞いた

子ども時代の戦争の話はほとんど喰い物だけだ
トカゲ　ヘビ　バッタ　クモ
カエルもコウモリもカブトムシも喰った
ヘビはご馳走だったし、野ネズミもそこそこ
マラリアを患ったが、どうにか生き延びた

秋の昼下がり、私は神保町の古本屋街を歩いていた
題名に魅かれ　手にした手垢が付いた分厚い本

ニューギニア上陸についての詳細な記録だった
ページをめくっていくと不思議な感情に襲われた
膨大な名簿の中になんと父の名前を発見したのだ

父が辿った行軍の軌跡に興味を持った
私は何度も古本屋街や図書館をめぐりめぐった
戦記物や記録集には想像を超えた自然の猛威が
そして兵士の慟哭と無念と絶望が書かれていた
やがておぼろげながら戦闘の全貌が見えてきた

湿気と高温とぬかるんだ大地
陰惨で不気味で暗い　巨大なシダの密林
豪雨は濁流になり、突風はすべてをなぎ倒した
結論を言えば、誰がどう考えても
ニューギニアは戦争には最も適さない大地だった

投入された日本兵十四万人余り
うち死者十二万七千六百人

そのうち戦闘と関わりなく
十一万四千八百四十人が
疲労と空腹と疫病で死んだ

一米を超える大トカゲ　一尺の大ムカデ
三寸ほどの山ヒルの大群
蚤《のみ》、虱《しらみ》、蠅《はえ》、ダニ、無数の蟻《あり》
マラリア、デング熱に破傷風
赤痢、コレラ、黒水病、腸チフス、インド病

来る日も来る日もジャングルの中をさまよい
敵に弾丸を一発も発射することなく
敵の弾丸が自分の体を貫通することもなく
暑さと飢えと病気が襲い、悶え苦しみ、憔悴し
蚊の鳴く声で「お母さん」と呟き死んでいった

戦争映画はこの地には適さない
戦争小説もこの地はつまらない

ニューギニアには戦艦も戦闘機も似合わない
兵士はただひたすらジャングルの中を歩き続け
そして死んでいく　それだけだ

戦死ではなく蛾死だった
まぎれもなく野垂れ死だった
日本軍もアメリカ軍も本当の敵は
ニューギニアのジャングルそのものだった
マッカーサーもこの地だけは本気の戦闘を避けた

父の左手の肘《ひじ》の下にあったころころ動く塊《かたまり》
子どもの頃、よく触らせてくれた　敵からの弾丸だという
触らせた後は、決まってトカゲやヘビを喰った話だ
取り出せばいいのに、死ぬまでそのままにしていた
弾丸とともに、ずっと父は何かと戦っていたのだろうか

父が死んで十年　今にして思う
生き残り一万二千四百の中にいた父

湿気と灼熱のジャングルをさまよい
トカゲやヘビを探し続けざるをえなかった
そのことこそが父の本当の戦いではなかったのかと

家族といても、仕事をしていても
何となく人生をさまよいながら歩いていた
やっと「お迎え」がきて、戦友の元に帰っていった
そして父もまた、戦死できなかった
兵士の一人なのかもしれない

人を喰った話

村田伍長

「倒れた戦友の肉をすぐに喰い
それを力にお国のために戦うか
それとも餓死まで待ち敵の侵攻を早めるか！」
（静寂）

三浦二等兵
「どんなに痩せて骨と皮ばかりになって
死んだ奴でも、わずかに肉はある
オレは骨の周りを喰って戦う」

村田伍長は無事日本に帰還できた
骨の周りを喰った三浦二等兵は
戦わずしてその後、餓死した

（「ジャワは極楽、ビルマは地獄、死んでも帰れぬ
ニューギニア」と兵士の間ではささやかれていた。
ニューギニア戦線から生還したある兵士の証言）

父のつぶやき

毎年十二月、開戦した日を迎えると
父のある情景を思い出す
あの日、雪が降り始め
まきストーブの温もりが心地よい
父は焼いたハタハタを肴にテレビに見入っていた

「戦争ドキュメンタリー」だ
突然場面は燃え上がる村を映し出した
炎の中に赤ん坊
甲高い泣き声。銃声、叫び、また銃声・・・
やがて　静寂―

父はぬるくなった酒を一口飲み干すと
ぽつりと、だが確かにつぶやいた

「やっぱり平和がいいよ」
番組の終わり、静かに流れたテロップ
「いかなる戦争も平和に勝るものはない」

夕餉のひととき

子はいつものように遊んでいた
母は遠くから子を呼んだ
「こー」
子は返事をした
「あー」

子は飯台の前に座った
母は飯を山盛りにして差し出した
「けー」
子は答えた
「くー」

しばらくして母は子の顔を見て言った
「めー」

子は笑顔で答えた
「めー」
母もにっこり微笑んだ

ある夕餉のひととき
猫のチャッペもお家に帰ってきた

※こー↓帰ってきなさい
あー↓はあい
けー↓食べなさい
くー↓いただきます
めー↓おいしいか
めー↓うまいよ
（秋田では口を開けると雪が入るので
自然と言葉が短くなったようだ）

ただそっと

病院の面会室で
「あと三ヶ月のいのちです」
ここまではテレビドラマと同じだ

さてどうしよう
いつも頼まれた肩たたきだ
すると母は痛い痛いと泣いた

次に、そうだ
大好物だった筋子《すじこ》を食べさせよう
母は首を横にふった

一度も一緒に行っていない
温泉に連れて行こうと思った

「やめておきなさい」 医師が止めた
いつかしてあげようと思っていたのに
いつもしていなかった
ただそっと手をにぎるだけ・・・

母が演じた戴帽式《たいぼうしき》

戴帽式
晴れて看護師になる日
春のある日、初めて知った

この日、ようやく母は家に帰ってきた
遺影の前で、穏やかに横たわっている
嗚咽や涙はみられない　静かな帰宅だ
親族や近所の人たちが慌ただしく動くと
隅に見知らぬ若い女性が座っていた
しきりにハンカチで涙をぬぐっている

「あの人は誰ですか」
「見習いの看護師さんらしいですよ」
聞けば、昨年の夏から週二回の研修で

母に献身的な看病をしていたらしい
「ありがとう」と言葉を掛ける
「こちらこそありがとうの気持ちです
お母さまから優しさをいただきました」
目を赤くしながら、また下を向いた

今日が戴帽式だったという
婦長さんの許可をもらい
式が終わって、ここに駆け付けたのだ
まさか、戴帽して初めてのお務めが
患者さんとのお別れだったとは—

看護師は、病気を治すだけではない
患者さんに寄り添うことも大切

遺影の前で彼女は静かに手を合わせた
なぜだか母が微笑んだように見えた
帰る頃には、すっかり元気になっていた

「私、がんばります」
弾んだ声を残して、彼女は帰っていった
一つの切ない涙を乗り越えて
今日から看護師としての一歩が始まる

土と水と空と緑と

二十歳を過ぎた頃のことだ
二人の友人を実家に連れていった

「何《なん》もねえどこサ
よく来てけだナー」
母は、ビールと一緒に
鉈漬《なたづ》けガッコを出した

東京育ちの友人は違った
ここには何でもある
土と水と空と緑と
これ以上何を望む

ガッコを口に運びながら、
目の前に広がる緑の風景に見入っていた

※ガッコは漬物を表す方言。雅《みやび》な香り、雅香《がくこう》から来ているという。鉈漬けガッコとは、鉈で切った大根。他にいぶりガッコなどがある。

母やとんぼの消えた村

「ふるさと」のような村だった
裏山に野うさぎはいなかったが
うさぎや鶏は家の周りを走り回っていた
働き盛りの母も明るく元気だった

「どじょっこふなっこ」のような村だった
しがこが解ける頃、ばっけが芽を出した
どじょっこもふなっこも動き出した
童子《わらし》たちは夢中になって網ですくった

「赤とんぼ」のような村だった
空一面を幾千も飛び交い茜色に染めていた
その下で母は黙々と野良仕事に忙しかった
夕暮れ、西の空には一番星が光っていた

母の倒れた日、久方ぶりで村に戻った
小川はコンクリートで打ち固められ
うさぎも畑も、遠の昔に無くなっていた
昔の名残は遠くの山々と緑が広がる田んぼ

三か月後、墓前で兄がぽつりと言った
「命を縮めたのは農薬かもしれない」
学校から帰ると母はいつも田んぼか畑にいた
そういえばいつも手元に農薬の袋があった

ヘリコプターからも大量に散布された頃だ
突然、どじょっこも赤とんぼもいなくなった
やがて、童子たちの歓声も聞こえなくなった
血を吸われた蛭《ひる》や泥鰌《どじょう》の感触が懐かしい

※しがこ↓水の上にできる氷の層

トッピンパラリのプー

昔　昔　ある所に……
いつもこんな所から話が始まった

まだテレビがなかったころ
農家にはどこにも大きな囲炉裏があって
秋に集めた柴がよく燃えていた
囲炉裏の回りで三毛猫がぐっすり眠り
たまに焼き栗がバーンとはじけて
三毛猫の体がピクッと動いた
一番奥の席にばあさんが座り
その周りを取り囲んだ孫たち

孫たちは　蒙古《もうこ》の話も
千本《せんぼん》垂木《たるき》の話も　長い褌《ふんどし》の話も

生きぬくためのコツと知恵を
そして人生の裏話を
このばあさんから聞いた
怖い話は　布団の中にもぐり
真面目な話は　顔を乗り出し
おかしな話は　腹をかかえて笑った

孫たちが、眠い目をこすり始めると
ばあさんは　いつもの通り
待ってましたとばかり
「トッピンパラリのプー」
といって、話をしめくくった
この言葉は不思議な呪文のようで
孫たちは　いつしか
心地よい眠りについていた

人が死ねば
夕焼けをカラスは飛んで行くというが

祖母よ、あなたの死んだ日
確かに　カラスは夕焼けを飛んでいた
生まれるのは一人　死ぬのも一人
それがあなたの口ぐせだった

北へ向う新幹線は
二百キロを越してはいるが
もうあなたに追いつくことはない

腹ちがいの母に育てられた少女時代
おかずは妹よりなぜか一、二品少なかったが
水汲み　餌やり　野良仕事だけは
二品も三品も多かった
学校は、小学二年までしか行けなかった
時計の見方は　妹の
「六時半だよ」という声を聞いて
便所へ行くふりをして覚えた

悲しいことばかりではなかった
顔さえ知らされずに嫁に来たが
夫に巡り会えたのは幸運だった
おまけに天から授かった六人の子供たち

十九の長男が満州へ旅立つ日
その日から毎日　吹雪の中を
裸足で駆け上がった神社の階段

戦争が終ったこともうれしいことだった
夫は　若くして死んだが
子はニューギニアから奇跡的に帰ってきた
生まれるのは一人　死ぬのも一人
その通りにあなたは死んでいった

冷たくなった死の床で
遅れてきた孫を笑顔で迎えた
八十四年の青春を

走り尽くした穏やかな笑顔で

祖母よ
最後に　聞きたかった
あなたの口から
「トッピンパラリのプー」
の一言を

（注、千本垂木、長い褌は地元に伝わる民話）

「トッピンパラリのプー」について

「むがしこ」(昔話)の終わりの言葉に二つの系統がある。

県北地方(鹿角郡・大館市・北秋田郡など)は隣県の青森県、岩手県に類似して、「どっとはらい」などの「どっと」系である。
・「どっとはらい　大館市・十二所」・「どっとはりゃあ 大館市」
・「どっとはれ　北秋田・鷹巣町」
中央部(南秋田郡・秋田市・河辺郡)及び由利地方、さらに県南地方(仙北・平鹿・雄勝三郡、大曲・横手・湯沢三市)はほとんど「とっぴんぱらりのぷう」系であるが、次のような、特殊な場合もある。
・「とっぴんからりせんしょのみ　由利・象潟町」
・「これきって、とっぴんぱらりのぷう　仙北・南外村」
・「これで、とっぴんぱらりのすったごだっごのぴい　雄勝・東成瀬村」
・「五葉の松原とっぴんぱらりのぷう　雄勝・東成瀬村」

『秋田むがしこ』今村義孝編　未来社
一九五九年発行より
市町村名は当時の名称

かくれんぼ

もういいかい
まあだだよ
もういいかい
まあだだよ
もういいかい
もういいよ

振り返ってよく捜すのだが
だれも見つからない

シロもユウヤもカアサンも
どこに隠れているのだろう

あれから随分捜したのだが
足跡も、影すら見つからないのだ

そして、ぼくの夢や青春は
どこへいってしまったのだろう

みんなどこかに隠れたまま
そっとぼくを手招きしている

もういいかい
もういいよ

ふるさと

人は
いつでもふるさとを思う
どこにいてもふるさとを思う

人は
ふるさとを忘れたいと思う
ふるさとに帰りたいとも思う

人は誰でも
こころにふるさとを持っている

お帰り

ふるさとに帰ると
いつしか私の心は若返り
「よく来たね　元気だった
また一緒に遊ぼうよ」
そこらかしこで
優しい過去と戯《たわむ》れる

我が家に戻ると
いつしか私の心は元通り
未来がそっと囁きかける
「お帰りなさい
ここがあなたのふるさとよ
これからもずっと元気でいてね」

II

下町の街角で

―昭和から平成へ―

坊やの大空

小さな公園の昼下がり
坊やが一目散に駆けていくのは
中央に設置された水飲み場だ
小さな手でハンドルをいっぱいに回すと
雲一つない青空に立ち昇る水しぶき
勢いよく大空に舞い上がった

坊やは満面の笑みを浮かべて
大空に浮かぶ水しぶきの先端を見つめる
しばらくして口を差し出すと
顔も黄色い帽子もびしょびしょ
かわいい制服も鞄もびしょびしょ
でも、坊やの表情はさわやかだ

若い母親が大声で追ってきた
「だめじゃないの。こんなに水を出して…」
蛇口は閉められ
タオルで顔と制服が拭き取られた
母親は坊やの手をグッと引き寄せると
駅に向かってゆっくり歩き出した

引きずられても、坊やは
後ろを振り返り名残惜しそうに
水しぶきが上がった大空を見ている

公園の水よ
高く高く舞い上がれ
坊やの大空のはるか向こうの未来まで――

アメ横界隈

パチンコ屋の前を通る
「本日新装開店・出血大サービス」
そういえば先月も新装開店だった
パチンコ台が半分変わっただけで
内装もトイレもみんな前と同じだ
玉が入らないのもいつもの通り
三千円はあっという間に無くなる
気分はブルー、大出血で店を出た

寿司屋の前を通る
「全日、半額料金」の看板
生ビールに小肌と穴子をたのむ
何度か入ったがいつも半額だ
いっそ半額を定価にすればいいのに

でも、半額だと何か得した気分で
今日はラッキーだと思ったりする
ビールもお寿司もひと味違う気がする

カバン屋の前を通る
元気のいいアンちゃんが声を張り上げる
「今日をもって店を閉めます
残念ながらつぶれました　在庫一掃処分だぁ
全品千円、消費税なしの千円ぽっきりだよ」
先週も確か同《おんな》じことを叫んでいたよな
中を覗くとカバン以外にもいろいろある
その気がないのについ財布を買ってしまった

いらっしゃい　いらっしゃい
寄ってらっしゃい　見てらっしゃい
安いよ　美味いよ　よく出るよ
威勢のいい声がこだまする街　アメ横
笑顔にだまされてみたくなる街　アメ横

人情の香りが辛くも残っている街　アメ横
頭に来てもまた行ってみたくなる街　アメ横
アメ横は今日も夢を求めて来る人でいっぱいだ

一歩前へ

朝、ふれあい館のトイレに立ち寄る
目の前に「一歩前へ」の張り紙
そうだ　人生は「一歩前へ」
いつもこの言葉に励まされる

帰り道、公園のトイレに立ち寄る
「きれいに使っていただき、ありがとうございます」
今日一日、職場で感謝の言葉はひとつもなかった
今、初めて目の前の言葉に慰められる

あ、しまった　ごめんなさい
この日は少し酔っていたので
真ん中からちょっと右にずれてしまった

そのとき改めて思った
「一歩前へ」
人生どんなときでもこれが大事

街の移ろい

知らぬ間に閉まっていた、裏通りにあった小さな魚屋
「今日はシジミが新鮮だよ」とおばさんの威勢のいい声
量り売りのシジミを買うといつも多めに盛ってくれた
仕入れに行くじいさんが脳梗塞で倒れたらしい

いつの間にか消えていた、信号を曲がった先にあった豆腐屋
「絹ごし二丁」と注文すると必ず揚げを一枚おまけしてくれた
おじさんとおばさんの差し出した手はいつもひび割れていた
「跡継ぎがいないからね」と聞いたことがある

いつしか暖簾《のれん》が下りていた、天井が高く金魚に癒された銭湯
「あの震災で配管がダメになったので・・」と後で聞いた
風呂上がりの牛乳の一本が何とも美味かった
あの三保の松原から見た富士山はどうなったのだろう

街を歩くと人情味の店がどんどん消えていく
肉屋も、定食屋も、総菜屋も、小料理屋も
やがてどこにでもあるチェーン店になったり
廃屋のままだったり、更地になったり・・・

「閉店」という張り紙を見るたびにいつも悔やむ
魚屋も豆腐屋も総菜屋も、もっと買っておけばよかったと
スーパーやコンビニはいつも行っているのに
銭湯に至っては、最近では年に二、三回だけだ

その銭湯の前を通ると、大型クレーンが道をふさぐ
壁はアルミの鉄板で覆われ、中から響く電動ドリルの騒音
今度は高層の十四階建てマンションが建つという
見える空が日ごとに狭くなっていく　それが虚《むな》しい

横断歩道

ある朝のこと
歩行者用信号が青から赤に変わる寸前
私は急いでいたので反対側に駆け出した
向かい側から叫ぶ小学生ぐらいの少年
「赤信号、渡っちゃいけないんだよ」
甲高い透き通る声だった
道行く人たちの視線が一斉に注がれる
〈まずい〉顔が真っ赤になる自分を感じた

翌日の夕方、赤信号で待っていた
青いＴシャツを着た中学生が自転車で
向こう側から私の方へ猛烈な勢いできた
明らかに赤だった歩行者用の信号
その横を大型バイクが騒音を響かせ通り過ぎた

「バカ野郎。死ぬ気か」
バイクの兄さんが本気で怒鳴った
本当に間一髪だった

ゆっくり信号を渡ると
そこには警察官不在の交番
表示板には、ゴシック文字で
「昨日の交通事故
死亡一名　負傷一二一名」
明日もまた誰かが数字になるのだろうか
それは子どもに注意された自分か
それとも怒鳴られたあの中学生だろうか

翌日、社会面の大きな記事
「小学生の列に乗用車が突っ込む
死者一名、負傷七名・・・」

居酒屋にて

秋の気配深まる夕暮れ時
なじみの飲み屋に飛び込む

―いらっしゃい
　ダンナ飲み物は
親父のいつものダミ声
―とりあえず中生《ちゅうなま》かな
　つまみは枝豆と煮込みで
―喜んで

熱々のおしぼりが渡される
冷え切った顔をなぞる
一瞬、生気がよみがえる

即座に置かれた中ジョッキ
ゴクッと一口、喉を潤す
この一杯のために人生はある

枝豆を頬張りながら
カウンターから後ろを見渡す
聞こえてくるのは
上司の悪口、息子の自慢話
それに別れた女の話か・・・

別の席では、株の話と昨日のプロ野球
そして混迷の政局から、国際情勢へ・・・
酒とともに議論はどんどん白熱する
一口飲むほどに酔うほどに
ますます彼らの弁舌は冴え渡る

私は、といえば一人で
ぼんやりと今日一日を振り返る

別にいいことはひとつもなかった
でもそれほど悪いこともなかった

―オヤジ熱燗一本
　タンとハツ、タレでもらうかな

親父が汗だくで串をひっくり返す
焼鳥と煙草の入り混じった臭い
煙が天井までもうもうと立ち昇る
いつの間にか席はいっぱいだ

益々大きな声と笑い声が辺りに響く
この騒々しさが妙に落ち着く
ここは庶民たちの途中下車駅
燃料を詰め込んで、明日へと向かう

いつの間にかほろ酔い加減
何本かお銚子が並んでいる

周囲の喧噪も子守唄に聴こえて
なんだかいい気分、夢心地

えっ、もうこんな時間か
―オヤジ勘定
―へえ、毎度
今日の務めはこれで終わった

今夜はやけに冷えるなあ
やがて寂しき家路かな

ラーメン哀歌

師走の上野の裏通り
終電に乗り遅れた者たちが屋台を囲む

バーバリーを着た商社マン風の若者
「毎日終電ギリギリ　やってられないよ」
愚痴りながらラーメンをすする
スルッ　スルスルッ　スルッ

現場帰りか泥の付いた仕事着の男
今日は馬で負け、パチンコで負けた
コップ酒片手にラーメンをすする
ズルッ　ズルズルッ　ズルッ

ミンクの毛皮を着た厚化粧の女
「男なんてどうしようもねえよ」

煙草を吹かしながらラーメンをすする
ツルッ　ツルツルッ　ツルッ

昨日のことは水に流した
明日のことは知らないよ
誰ともなく今日の疲れを吐き出す

終電車に乗り遅れたのか
それとも人生に乗り遅れたのか
みんな肩を寄せ合い、傷口を温める

金持ちも、やくざ者も
伊達男も、あやしい女も
美味《うま》そうにラーメンをすする
スルッ　ズルズルッ　ツルッ

しんしんと冷える都会の片隅
ドンブリから立ち上る湯気が香ばしい

靴みがき

都会の陽だまり　ガード下の片隅で
立派な宣伝カーの演説を聞きながら
ぼくは　靴みがきのおじさんと話をする
タテマエがボリュームいっぱい
ぼくの良心を　叱りつけ
ホンネがぼくの泥だらけの靴をやさしくなでる

「でもおじさん
よくも二十七年間やってこられたネ」
「あっという間さ
この商売、好きでなきゃできないよ
客が減ってきたから今月で終わりよ」
でも、おじさんはニコニコしている

長い年月、歩き疲れた靴たちを
どれだけ多く、元気にさせたろう

その目線からはよく見えたに違いない
女の子の下着も
落としたお金も
そして何より
人のこぼした涙が・・・

友の肖像

かたつむりは雨を好むというが
六月の冷たい雨の中を
遠くへ旅立とうとする友がいる

間もなく午前三時をさすころ
安アパートのトタン屋根を
雨はやさしくたたいていた

暗闇に電話のベルが響いた

君に涙は似あわない
おまけにさよならはもっと似あわない

君は　とかく

かたつむりを好んだ
亀はやがて　兎を
追い越すというが
かたつむりは越すことはない
じっと体を殻の中に包み
ひたすら雨の日を待つ

何があったか知らないが
今日の君は　あまりに悲しい

中学校の校庭で
降り積もった雪の上を
裸足で駆けぬけた君

ナイトクラブで
千円札に火をつけ
煙草をくゆらせていた君

葬儀屋の仕事を終えて
一人の少女の死体を拭いてきたと
自慢げに話した君の誇りは
どこへ行ったのだろう

「いろいろあって
　しばらく会えないよ」
そういったかと思うと
十円玉が切れて
ツーツー音が聞こえるだけ……

酎杯が好きで
女が好きで
芸者ワルツが好きだった君

家を転々とし
職を転々とし
人生をさまよい歩く君

たぶん君は
疲れすぎているんだ
背伸びをしすぎたから
酒だけでは　神経が
休まらないだけさ

友よ
人は　明るいと眠れないのは
どうしてだろう
人は　暗闇にやすらぎを求めるのは
どうしてだろう

きっと
かたつむりも　暗闇の中に
やすらぎを求めていたのかもしれない

はにかみ屋で

かたつむりが好きで
雨が好きだった君よ

もう五年にもなるというのに
まだ連絡がないのは
そりゃあ　ないぜ

（1984年6月　作）

チリ紙交換

古新聞、古雑誌、ぼろ切れはございませんか
チリ紙と交換させていただきます

—社会は親を捨てる
—親は子を捨てる
—子は自分を捨てる

そんななかなしい新聞紙の束を
チリ紙交換のおじさんだけは
一つ一つ丹念に拾って歩く

ベランダにて

ベランダに出ると
蝉が仰向けに死んでいた
そういえば今年は
何人かの知人と別れた

なぜ誰にも死が用意されているのか
そして思うのだ
死が待っているからこそ
人は頑張れるし、苦労もすると

死とは
風が吹いたり
川が流れたり
人が咳をするようなものだ

そして、人は
誰も気付いていない
死があるからこそ
しあわせも用意されていたことに

ベランダの隅に黄色い薔薇が咲いた
夕焼け空を雲がゆっくり流れていく
あれだけ騒がしかった蝉の鳴き声はない
もうすっかり秋だ

心残り

人の心の奥には
逝《い》ってしまった大切な人が住んでいる
父母や、家族だったり、恋人だったり・・・
その人は、眠りの中で、また目覚めたときに
あるいは桜を見つめていた時に突然現れて、やがて消えていく

どうして人の心の奥に住み続けているのか
それは誰でも、いなくなって初めて
やり切れなかった心残りに気づく
その思いは、ずっと心の奥底に潜んでいる

妻は父を、
あのとき、もう少し早く病院に連れて行っていたら・・・
私は母を、

あのとき、望み通り家の畳に寝かせてあげていたら・・・
津波が映ったテレビで、男が妻を、
あのとき、あの手を離さなかったら・・・

その心残りは日ごとに小さなしこりになり、
やがて心の痛みとなって、いつも自分に語り掛ける
そのせいかもしれない
大切なその人は甦り、今日も人の心の奥に生き続ける

ところで大切な人は、そのとき
どんな思いで逝ったろう
薄れ行く意識の中で
青い空と白い雲を瞼《まぶた》に見ながら・・・

―気にしないで
　よくしてもらったよ
　待ってるから　と

どこへいった

六月のある日、友は
いつものように会社から帰って
いつものように晩酌でお酒を二合
いつものように十時前には寝た

翌日の朝、
いつものように妻が起こしたが
いつもの微笑みをたたえて
いつの間にか、死んでいた

涙にくれる妻に弔問客はいう
「誰にも迷惑かけなかったんですね」
「カメさんらしい亡くなり方ですね」
「わたしもぽっくり逝きたいです」

あまりの思いがけない言葉に
涙が涸れた妻は告別式でそっと呟く
「夫らしい別れ方かもしれない」
半ば諦めと、半ば悔しさと・・・

ところでカメよ
七月の約束の飲み会どうなった
いくら待っても君が来ないので
ホッピー飲み過ぎてしまったよ

どこへいっちゃったのかね

夕やけだんだん

夕やけだんだんの両脇の草むらに
猫たちが気持ちよさそうに昼寝している
陽だまりの下、ほとんどは捨て猫たちだ
そこに飛んできたモンシロチョウ
三毛猫の鬚に中休みしようとした
驚いて猫は蝶々に向かって飛び掛かる

そんなのどかな光景もあったなあ
街も夕やけだんだんも、小ぎれいに整備されて
土日には、多くの旅人もこの街にやって来る
でも、猫たちはどこに消えたのだろう
そして、見えなくなって久しい夕やけ・・・

※「夕やけだんだん」は谷中ぎんざ商店街に通じる階段の名前

穏やかな朝

納豆を買いにサンダル履きで外に出る
馴染みの女医さん仕事の準備に忙しい
客のいない上野行きバスが通り過ぎる
レジのお姉さん「ありがとう」と笑顔

テレビを点けると誰もが呟く
会社に行くな　学校に行くな
親には会うな　田舎に行くな
盛り場行くな　人にも会うな

ベランダの金魚草に水をやる
舗道のカラスがごみ袋を突く
食卓にはなめこ汁と鯵《あじ》の開き
緊急事態宣言初日穏やかな朝

（２０２０年４月７日）

III　未来への散歩道

ママー

―生まれて初めての詩―

産まれて初めての声
―んぎゃー　んぎゃー
やがて　ある日　発する

―マンマー
（お腹空いたよ　おっぱいだよ）
―マァマー
（うんち出たよ　気持ち悪いよ）
―マァーマ
（眠くなったよ　機嫌が悪いよ）

マンマーは
まんまを与える
マァマーは

お尻を拭き取る
マァーマは
胸に抱き留める

ママーは
世界中の赤ちゃんが口にする
初めての不思議な言葉

ママーは
母と子の心を結ぶ
魔法の言葉

ぼくの風船

おかあさん
どうしてお月さんはおちてこないの
そうね　おちてきたら
かぐや姫やうさぎさんがケガをするでしょう
ふーん

おかあさん
あの雲はどうしておちてこないの
悲しみがいっぱいつまっているからよ
だから時々雨になっておちてくるでしょう
ふーん

おかあさん
飛んでる鳥はどうしておちてこないの

それはね
世界中の人たちに幸せを届けに行くからよ
ふーん

坊やが、空を見上げて歩いていると
突然石につまずいて転んでしまった
風船が手から離れ、青空に舞い上がっていった

ほらね
上ばかり見て歩いているから
こんなことになるのよ

それにしても坊やには不思議だった
ぼくの風船は
どうしておちてこないのだろう

こころ

私が笑うと
あなたも笑う

私が怒ると
あなたも怒る

私がアッカンベーすると
あなたもアッカンベー

私のこころの移ろいは
あなたのこころに沁みていく

鏡の前の私のように
踊っていたのは私のこころ

なみだ

かなしみがあの雲であるなら
あふれるなみだは雨となり
大地をやさしく濡らすだろう

やがて日の光に照らされて
なみだは七色の虹に姿を変え
西の空に鮮やかな橋を架けるだろう

そして消えてしまったなみだは
こっそりとあの雲に帰って行く
新たなかなしみに出逢うために

いのち

ゾウを見ていた
スイカを三個ペロンと食べた
そしてお尻からでっかい爆弾
生きているんだな、お前も

と、右手に蚊《か》が止った
思わず左手で叩いた
血のご飯、食べ損なった
生きていたんだな、お前も

大きないのち
小さないのち
生きているいのち
生きていたいのち

みんな生と死との境界線を
綱渡りのように生きている
みんな日の光や風を頂《いただ》いて
この一瞬一時を生きている

壁

その壁をぶち破るか
それとも諦《あきら》めるか
それとも
壊れるまで待つか・・・

恋の予感

川を昇る　紅鮭《べにざけ》の群れ
あなたに逢うために

薔薇《ばら》が咲く　虫たちを呼ぶ
あなたに逢うために

白鳥が飛ぶ　北の大地に向かって
あなたに逢うために

ある日少女は気づく
己《おのれ》の半身を求め始めた自分を

これから始まる
恋の予感

生きる

生きるって何だろう
〈生〉の字をじっと見ていたら
なんとなくわかった気がする
〈土〉の上に〈人〉がいるだろう
大地の上にしっかり立つって事かな
まだそこまでは出来ていないけど
転んでも立ち上がるあいつが好きだな

時が止まった街

ある秋の穏やかな日曜日
私は、福島のある街を訪れた
「原子が開く明るい未来」
そんな看板の下を通って

中華料理店であろうか
正面のガラスに入ったひび
入口の黄色い床マットには
「いらっしゃいませ」の文字
だがいくら待っても客は来ない

少し歩いていくと
居間にある仏壇に軽トラが突っ込んでいる
その下に黒ずんだプーさんのぬいぐるみ

プーさんも仏さんも
今でも心の傷は痛むのだろうか

角を曲がると、目に入る美容院の看板
割れたガラス窓からそっとのぞき込む
目に入ったのは茶色い柱時計
針は二時四十六分を指している
あの日のあの時刻のままだ

抜け殻の街、人っ子一人いない街
時が止まった街、そのままの街
三年半も経つというのに
何もかもが止まったままだ

ただ動きを感じるものといえば
頬を吹き抜ける冷たい風と
不気味に赤く点滅する
放射線量測定器だけ――

2・143マイクロシーベルト
2・147マイクロシーベルト
・・・・・・・・・・・・・・

その赤い数字の点滅は
人類に対する警告だろうか
それとも悲しみの血の涙だろうか

道

人生には、様々な道がある
まっすぐな道　でこぼこ道
曲がりくねった道　どろんこ道

そんな道をみんながみんな
がんばって登っていこうとする
でも、下り坂も悪くはないよ
なぜって山の頂《いただき》は狭すぎるから

それぞれの道を噛みしめながら
今日も自分の足でよっこらしょ

生命《いのち》の中を海は流れる

太古の昔から　今も
私の体を海は流れる
今日から明日へ　そして未来へ
体の中を海は流れ続ける

冷えたビールの泡も
オシッコを飛ばした泡も
生命が宿る起源だという
小さな泡に生命が灯《とも》る

遠い昔、地球に海が出来たころ
月が突然、隣に引っ越してきた
太陽と不思議な力に導かれて
波打ち際に無数の泡を作った

その泡の中に、海は出たり入ったり
そんなかくれんぼに飽きたころ
ＤＮＡだのミトコンドリアだの
ウイルス等が勝手に入って住み着いた

そんな小さな海から生命は始まった
そういえば喧嘩で出した鼻血も
溺れかかって飲み込んだ海の水も
みんな同じ塩っぱい味がした

一つの泡は二つに四つに八つになり
やがて兆を越えるまで分かれていった
人は一つの小さな泡を細胞と名付けた
その泡の中を海は静かに流れる

小さな何兆もの泡たちは
今度は魔法の力に引きつけられ

体を寄せ合い生きることを覚えた
その中でもゆっくり海は流れ続ける

ミジンコ、ワカメ、サンマ、
タンポポ、トンボ、オランウータン
みんな幾つもの泡が、くっ付いた姿だ
そしてヒトへと続く奇跡の旅路

そういえば地球も
宇宙に浮かぶ一粒の泡
暗闇の中にかすかに光る小さな泡
その中でも海は確かに流れている

太陽の光に照らされて
なんと碧々《あおあお》と
なんと輝いて
なんと寂しげに・・・

いただく

命はすべて
太陽の光でできている

できた命を
別の命がいただいて
地球の命をつないでいく

今日も、私は
おいしくいただく
食卓に並んだ
太陽の光だったものたちを

海のかなしみ

ぼくはアカウミガメ
ある日クラゲと間違えて
ビニールを飲み込んでしまった
息ができなくて　苦しんだ
そしてぼくは死んだよ

わたしはアホウドリ
エサだと思って食べたのは
糸のついた釣り針だった
喉《のど》の奥に突き刺さったまま
アラスカの海までなんとか飛んだわ
でもそこまでの命でした

おれはフクシマの沖合を泳ぐ

男前のマコガレイだ
気がついたら築地の水槽の中
トラックに乗せられたところまでは
おぼろげながら覚えているけど
その後の記憶はない

海を昇る朝日がまぶしいのは
生命《いのち》を育んだふるさとだからだ
海に沈む夕日が美しいのは
生命が還《かえ》るゆりかごだからだ

最近、海は不安を感じている
お腹に入っているアカウミガメも
アホウドリもマコガレイも
みんなみんな涙の味がすると

詩はどこへ

詩はどこから来たのか
人が人間になったのは
火を獲得したからでも
道具を使ったからでも
二足歩行によってでもない

光のまぶしさを知り
水のうるおいを感じ
風のささやきを聴いた時だ
そのとき詩は生まれた
そして初めて人間になった

光が降り注ぐ朝の目覚め
雨上がりに見た七色の虹

花たちを揺らす風のささやき
詩とは宇宙であり、生命であり
そして、人間そのものである

人間の営みが続く限り
詩はずっと生まれ続ける
誕生と出会いの愛の物語
別れと死の哀しみの記憶
生死の途上で人は立ち止まる

詩は、どこへ行くのか
私の心を引き連れて
詩のかけらを探しながら
今日も宇宙のカオスを彷徨《さまよ》う

あとがき

「とっぴんぱらりのぷう」は、秋田県の中央部から南部にかけて話されてきた昔話の結びに使われる言葉である。「めでたしめでたし」というよりは「おしまい、終わり」という意味合いが大きい。子どもでも親しめるようにユーモラスに表現した言葉である。ずっと、忘れかけていたが、郷里に帰ったとき子どもが話しているこの言葉を耳にした。そのとき響きといい、温かさといい、とてもいい語感だなと思った。そして幼い頃のことが走馬灯のように蘇った。

物事にはすべてに初めがあり、そして終わりがある。人間を含め、生物は誕生から始まり、死を迎える。この地球も、そして宇宙も例外ではない。すなわちすべてにおいて「とっぴんぱらりのぷう」なのである。

でも、この言葉は単に終焉を意味していない。子どもたちはゆっくり眠った後、また新しい朝が来ることを知っている。「おしまいですよ。しっかり眠りなさい。朝が来たら、また新しい一日が始まりますよ」そんな意味が込められている。いわば癒しと再生の言葉なのである。

戦後世代は、地方から都会を目指すのが一般的だった。私もその時代に入る。毎日、満員電車に揺られ都会の会社に通い、郊外に一戸建ての家を建てるのが夢の時代であった。でもこの夢を求める構図も崩壊して久しい。

今、新型コロナウイルスが世界的に猛威を振るっている。これからはコロナ後と呼ばれる時代が始まるだろう。今までとは全く違う世界が広がるはずである。テレワークやＡＩが発達し、都市の一極集中は無くなるかもしれない。今度は都会から地方への移動が始まるかもしれない。しかし、バラ色の未来を思わずとも、待ったなしで解決しなければならない難題も多くある。

福島の原発が爆発した時、もしかしたら東京にも人が住めなくなるのではないかと一瞬思った。新型コロナウイルスの非常事態宣言が発令されたとき、もしかしたら自分も感染し死に至るのではないかと一瞬思った。どちらの心配もいまだに解決されていない。また今年の世界的な酷暑や地震、台風、山火事、噴火、水害なども気になる。

原発や核兵器は、人間が直接的に作り出したものである。新型コロナウイルスは人工的に作られたのではないかという疑いがある。問題の核心は、このようなウイルスは人間の手によって作られる可能性があることがわかったことである。これら以外にも人類は知らなくていいものをたくさん知ってしまった。一歩間違えればどれも人類は存亡の危機に陥ることを示している。

こんな時呑気に「とっぴんぱらりのぷう」などと言っている場合ではない。いやこんな時だからこそ、「とっぴんぱらりのぷう」と言える時代になってほしい。それは異常気象なども含めこれらの難題はすべておしまい、つまりなんとか解決して、次に新たな再生の道を切り開いてほしいという思いがある。これからは本当の意味で人類の知恵と英知が試される時代になるだろう。

同人誌「トンボ」がようやく十号を迎えた。一つの節目なのでここで発表した作品を中心にまとめてみた。昭和の終わりから平成にかけて書いてきた詩である。「故郷、東京、未来」というコンセプトにした。戦後世代のたわごとかもしれない。読者のみなさんに気楽に読んでいただけたらありがたいと思っている。

なおこの詩集の刊行に当たって、文治堂書店の勝畑耕一氏には様々なアドバイスを頂いた。編集、装丁の労をとってくれた船木一美氏、印刷製本を引き受けてくれたワードウェブ林英利氏には大変お世話になった。この場を借りてお礼を言いたい。

二〇二〇年八月　東京オリンピックを開催するはずだった年に

著者

曽我貢誠（そが　こうせい）

1953年　秋田県河辺郡河辺町（現秋田市）生まれ

詩集

1976年　都会の時代（私家版）
2014年　学校は飯を喰うところ（文治堂書店）

編集

2016年　少年少女に希望を届ける詩集（コールサック社）
2016年～詩誌「トンボ」(文治堂書店)

「日本詩人クラブ」「日本現代詩人会」「日本ペンクラブ」会員

住所

〒113-0031 東京都文京区根津 2-37-4-801

詩集　トッピンパラリのプー

2020年10月20日　初版

著　　者　曽我貢誠
編　　集　舩木一美
発 行 者　勝畑耕一
発 行 所　文治堂書店
〒167-0021 東京都杉並区井草 2-24-15
Email：bunchi@pop06.odn.ne.jp
U R L：http//www.bunchi.net/
郵便振替　00180-6-116656
印刷・製本　有限会社ワードウェブ
〒142-0062 東京都品川区小山 4-5-5

ISBN　978-4-938364-427